Se me mueve un diente

Para Finn
MM

Para mi madre
y mi mejor amiga.
Gracias por TODO
JM

Título original:
Wibble Wobble

Texto © 2001 Miriam Moss

Ilustraciones © 2001 Joanna Mockler

Adaptación: Miguel Ángel Mendo

Primera edición en lengua castellana
para todo el mundo:

© 2001 Ediciones Serres, S.L.
Muntaner, 391 08021 Barcelona

Editado por acuerdo con Orchard Books, Londres

Fotocomposición: Editor Service, S.L. Barcelona

ISBN: 84-8488-020-6

Se me mueve un diente

Por Miriam Moss

Ilustraciones de Joanna Mockler

SerreS

Lo que más deseaba Guille en el mundo
era tener un diente que se le moviese.

En su clase todos tenían un diente que
se les movía. El de Luis daba vueltas,
y el de Rosa se tumbaba para atrás.

Y sin embargo los dientes de Guille parecían
pegados con supercola, de lo firmes que estaban.

"No es justo", decía Guille. "En clase todos tienen cosas que contar de sus d i e n t e s. Todos menos yo."

"Jorge se lo tragó...

a Rosa se le
cayó al baño...

y el de Luis salió
disparado justo cuando
metía un gol."

"¿Sabes una cosa?", le contó Guille
a su abuela? "Cuando se te cae
un diente, el Ratoncito Pérez
te deja una moneda debajo
de la almohada."

"¿Ah, sí?", dijo la abuela.
"Sí," dijo Guille. "Y si se te cae en el cole,
por ejemplo, tienes que guardarlo muy bien
para que no se te pierda."

"Rita se lo guardó entre los cordones de sus zapatillas de deporte...

Cristóbal lo escondió en un algodón y se lo puso dentro del oído...

Y...

hoy Nadir se lo ha metido dentro de la nariz.

La señorita nos ha dicho que a partir de ahora será ella quien los guarde."

Al día siguiente, mientras estaban dibujando, a Guille empezó a movérsele un diente por fin.
"¡Señorita!", gritó.
"¡Se me mueve un diente! ¡Mire!"

Y para que lo viese, Guille empujó el diente
hacia delante y hacia atrás con la lengua.
"¡Mira, Rosa!"
"¡Mira, Luis!"

Flip, flap,
risqui, rasca.

Tumba, tomba
suqui,
soqui.

"Vamos, Guille", le apremió su madre a la hora de dormir. "¿Cuánto tiempo vas a estar cepillándote los dientes?"

"Mucho", contestó Guille. "Es que me duele el diente que se mueve."

Guille no podía dejar quieto el diente.

Flip, flap, risqui, rasca.
Tumba, tomba, suqui, soqui.

"Mira, Luis", le decía al día siguiente a su
amigo dándole vueltas y más vueltas al diente.
"Mira, Rosa", y lo empujaba hacia atrás.

A la hora de dormir, el diente de Guille colgaba de un hilito.

Flip, flap,   risqui, rasca.
Tumba, tomba, suqui, soqui.

¡De repente, el diente se puso del revés y se quedó allí enganchado!

"¡Ay, ay!", gritó Guille saltando de la cama.

Y bajó a todo correr las escaleras. "¡Mamá! ¡Papá!", gritaba.

Con mucho cuidado, su padre volvió a colocar el diente boca arriba.

"¿Y por qué no se cae ya de una vez?, protestó Guille.

"No te preocupes", dijo su padre. "Se te caerá pronto."

Al día siguiente, en la clase de gimnasia, Guille
dio la mejor voltereta de su vida. Y al levantarse
se dio cuenta de que tenía el diente en la lengua.
Lo sacó y se quedó mirándolo.
¡Que pequeñito era!

"¿Quieres que te lo guarde hasta la hora de la salida?", le preguntó la maestra envolviéndolo en un pañuelo de papel y colocándolo encima del archivador.

"¿Pero luego me lo podré llevar a casa?", preguntó Guille emocionado.

"Por supuesto que sí", le dijo la señorita.

Por la tarde, Guille no hacía más que meter la lengua por el hueco que había dejado el diente.

De repente, mientras terminaban de colorear unos dibujos... "¡Ayyyy!", Luis empezó a chillar y a dar saltitos. "¡Se me ha metido algo en el ojo, me arde muchísimo!"

"Voy a buscar un pañuelo de papel, señorita", dijo Rosa.

Enseguida la maestra limpió de pintura el ojo de Luis. Poco después llegaba la hora de la salida.

"¡Mira, mami!", dijo Guille al llegar
su mamá. "¡Se me ha caído el diente!"

"¡Bravo, Guille!", dijo ella. "¿A ver?
¿Puedo verlo?".

"Está encima del archivador de
la señorita, envuelto en un pañuelo
de papel."

"Sí, aquí está", dijo la maestra.
Y, de repente: "¡Oh, no!
¡Ha desaparecido!"

Se pusieron a buscarlo por todas partes.
En ese momento, Guille recordó algo:
"Rosa le dio un pañuelo de papel a Luis
cuando se le metió pintura en un ojo"
Su mamá y la maestra se miraron.

"No te preocupes, Guille", dijo
su mamá poniéndose a buscar en
la papelera. "Lo encontraremos".

Guille se sentó y se quedó
mirando al suelo muy triste.
Estaba seguro de que había
perdido para siempre su
querido diente.

De pronto, su madre sacó algo de la papelera.
"¿Puede ser esto?" Era un pañuelo de papel.
Lo desenvolvió y...
¡allí estaba el diente de Guille!

La maestra lo lavó y se lo entregó a Guille.
"A lo mejor el Ratoncito Pérez tiene un regalo especial para ti esta noche", dijo. "Con todo lo que ha pasado, no me extrañaría nada."

A la mañana siguiente, Guille
miró debajo de la almohada.
Había una cajita de madera.
La abrió y vio que tenía dentro...
¡una moneda!

Al llegar al colegio lo primero que hizo fue contar a todos la emocionante historia de su d i e n t e.

"Supongo, Guille, que durante un buen tiempo no querrás ni oír hablar de d i e n t e s, ¿no?", le preguntó la maestra.

"Desde luego", contestó Guille.

De camino a casa, Guille sacó
su moneda y se compró
el helado más grande
del mundo.

Tenía bolitas de caramelo por fuera, varias capas
de chocolate y crujiente dulce de turrón por dentro.

Guille le quitó el papel
y le dio un buen mordisco.

¡Crick!,

sonó al partir las bolitas
de caramelo.

¡Crak!,

al llegar al chocolate.

¡Sluk!,

al atravesar el helado.

¡Crak!,

cuando llegó al frío y duro
dulce de turrón...
¿Y sabéis qué pasó?

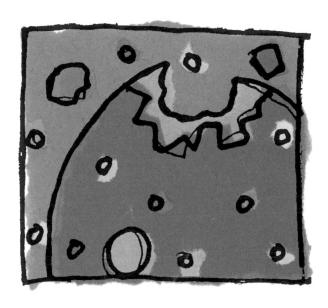

¡Que empezó a movérsele otro diente!

Flip, flap, risqui, rasca.
Tumba, tomba,
suqui,
soqui.